ORAISON FUNÈBRE

DE

N. BUONAPARTE,

OÙ L'ON TROUVE ÉTABLI,

D'APRÈS LE MONITEUR,

CE QUE LES VERTUS DU CI-DEVANT EMPEREUR
ONT COÛTÉ D'HOMMES ET D'ARGENT À LA FRANCE ;

SUIVI

DU TESTAMENT DUDIT N. BUONAPARTE.

LE TOUT RECUEILLI PAR UN CONSCRIT JAMBE DE BOIS.

DEUXIÈME ÉDITION.

PARIS.

LIBRAIRIE MONARCHIQUE DE N. PICHARD,
QUAI DE CONTI, N° 5, PRÈS LE PONT-NEUF.

MDCCCXXI.

ORAISON FUNÈBRE

DE

N. BUONAPARTE.

Mes chers auditeurs,

En toute chose, il est d'usage de commencer, faute de mieux, par le commencement. Nous allons donc vous entretenir de la naissance de Napoléon qui, semblable à beaucoup de héros de la fable et de l'histoire, ne passoit pas communément pour être le fils de son père ; ce qui, soit dit en passant, ne dérogeoit pas en Corse, où alors tout le monde naissoit gentilhomme, et cela pour ne pas payer d'impôt. Quoi qu'il en soit, notre gentilhomme, après avoir été mis en nourrice et sevré, fut envoyé en France par la protection de M. le comte de Marbœuf, qui étoit de la connoissance particulière de Mme sa mère ; et le fils de l'huissier d'Ajaccio entra à l'école militaire de Brienne, et ensuite à celle de Paris,

I.

où il fut entretenu aux frais de l'Etat : première dépense qu'il coûta à la France. Ainsi, logé, nourri, habillé, il ne parloit que par sentence, à la mode lacédémonienne, d'où ses maîtres auguroient qu'il feroit un jour son chemin ; car, comme il n'y avoit pas alors de tribune, le parler bref prenoit toujours bien en France. Néanmoins, au travers de son enthousiasme républicain, le petit Buonaparte laissoit parfois éclater son goût pour l'élévation, et un beau matin, voulant planer dans les cieux, il menaça de crever le ballon de Blanchard, qui refusoit sa compagnie, ce qui prouva dès lors qu'il aimeroit peu la contradiction. Quant à ses progrès dans les langues, ils furent des plus lents ; il n'entendoit pas le latin, et estropioit de temps à autre le français : dans la suite, il a fait mieux.

Enfin, la révolution éclata, et notre héros, qui avoit eu quelque succès dans l'étude des mathématiques, fit ce petit calcul : La révolution est la guerre des gueux contre les riches ; je fais incontestablement partie des premiers, donc je dois être pour la révolution. Dès lors, il prit l'état de républicain déterminé, et il essaya de soulever la Corse. Ne réussissant pas dans ce louable projet, il se divertit un beau dimanche à réunir tous les patriotes de sa connoissance, et, après s'être embusqués de manière à ne pas craindre les représailles, ils tirèrent maint et maint coups de fusils sur les Corses qui sortoient de la grand'messe. C'étoit déclarer vivement la guerre au fanatisme, et il y avoit alors d'autant plus de dévouement à le faire, que c'étoit contre ses concitoyens qu'il exerçoit cette vertu. Malheureusement le fanatisme tenoit encore, et les habitans de l'île demandèrent à grands cris la punition du compatriote. Notre héros, qui déjà préludoit à la science des retraites, se hâta de s'esquiver, et vint à Marseille rejoindre sa mère et ses sœurs, qui chaque soir faisoient des heureux par état et par goût. La conduite et les nombreuses liaisons de cette honorable famille devoient sans doute jeter un grand éclat sur Buonaparte ; mais il vouloit fixer les regards d'une manière plus brillante, et, sans prendre garde à la grammaire et au sens commun, il s'avisa de composer en l'honneur de *Marat*, de fraternelle mémoire, un éloge intitulé *le Souper de Beaucaire*. Une si belle action littéraire méritoit une récompense : aussi notre héros fut-il fait capitaine, et comme ce n'est qu'armés du pouvoir que les hommes se font bien connoître, nous commencerons ici l'énumération de ses nombreuses vertus ; nous rappellerons avec détail ses faits et gestes ; nous ferons connoître la douceur, la bonté, l'élévation de ses sentimens ; nous vous

offrirons surtout, mes chers auditeurs, les monu-
mens éternels de cette *humanité*, de cette *reconnoissance*, de ce *courage*, de cette *présence
d'esprit*, de ce *mépris des grandeurs*; enfin, de
toutes ces qualités sublimes qui rendront à jamais
Buonaparte l'objet de l'affliction et des regrets
de ceux qui ne pensent pas ou qui pensent mal.

Parlons d'abord de sa reconnoissance; quel
homme, mes chers auditeurs, posséda mieux que
Buonaparte cette vertu précieuse! Elevé aux frais
du Roi, un autre eût suivi le parti de la cour,
notre héros se jeta dans la révolution : « Si j'avois
» été maréchal-de-camp, disoit-il, j'aurois em-
» brassé le parti de la cour; mais, sous-lieutenant
» et sans fortune, j'ai dû me jeter dans la révo-
» lution. » Voilà ce que l'on appelle, dans notre
siècle, de la reconnoissance raisonnée. Parvenu à
un certain degré d'élévation, qu'il devoit à son ami
Barras, il s'empressa de reconnoître de si grands
services, en dévoilant au parti révolutionnaire le
projet qu'avoit formé ce directeur, de rétablir
la monarchie, et en préparant le 18 brumaire
qui devoit renverser celui auquel il étoit rede-
vable de son élévation. Le chef secret de la révolution, qui détruisit le Directoire, étoit le fa-
meux Sieyes, l'un des directeurs. Buonaparte,
qui sentoit qu'attendu ses longs services, il avoit
besoin de repos, exclut du consulat le citoyen

vétéran Sieyes, et fit nommer à sa place deux hommes, doués d'une si grande douceur de caractère, qu'ils approuvoient avec joie tout ce que faisoit leur seigneur et maître, le *citoyen général-consul.* L'un de ces *consuls*, bon compagnon, s'occupoit quelquefois de littérature, et toujours d'augmenter ses finances ; l'autre faisoit diversion aux plaisirs de la table et aux vaines fumées des grandeurs, en se livrant, disoit-on, à des habitudes qui lui donnent quelque rapport avec les Grecs et les Romains, ce qui n'étoit pas à dédaigner dans une république naissante. Mais jusqu'à présent nous n'avons vu que des traits d'une reconnoissance vulgaire : poussons plus loin. Le 10 octobre 1800, Aréna, cousin de notre héros, fut arrêté à l'Opéra, et accusé de conspiration ; il avoit rendu des services importans au premier consul ; cependant celui-ci s'empressa de le faire périr sur l'échafaud ; ce qui certes est la plus grande preuve de reconnoissance qu'on puisse donner à un parent qui s'est mis dans l'embarras. Buonaparte, que nous avons vu tout à l'heure capitaine, devient tout à coup général, et il n'a que la peine d'épouser Joséphine qui lui apporte *pour dot* ce grade, alors si financièrement républicain. Buonaparte garde sa compagne quatorze années ; mais enfin il s'aperçoit que sa santé souffre de l'air de la capitale ; aussitôt par reconnoissance il l'envoie aux champs, et se résigne à prendre pour épouse une fille d'assez bonne maison, nommée Marie-Louise; pour un ex-républicain, ce n'étoit pas s'encanailler. Mais revenons à la reconnoissance de notre héros, la matière est inépuisable. Le souverain-pontife Pie VII étoit du nombre de ceux qui avoient contribué à la fortune de Napoléon; revêtu de la pourpre romaine, et pourvu de l'évêché d'Imola, il avoit été assez heureux pour voir son argenterie grossir le bagage du vainqueur de l'Italie; plus tard il répandit l'huile sainte sur le front de l'ancien zélateur de Mahomet. Pour de pareils services, un héros de l'ancien régime auroit sottement augmenté le domaine du saint Père; mais, mes chers auditeurs, Buonaparte avoit un genre de reconnoissance bien autrement élevé. Il s'occupe du salut de Pie VII; il sent qu'en qualité de serviteur des serviteurs de Dieu, il ne sauroit pousser trop loin l'humilité chrétienne : en conséquence il lui prend ses provinces, le charge de fers, et, dans un accès de vivacité reconnoissante, le frappe et le traîne par les cheveux. Voilà, mes chers auditeurs, ce qui, dans tous les siècles, fera parler de la reconnoissance napoléonienne; mais cette vertu il la porte dans toutes ses relations. Ainsi le roi Charles IV lui donnoit depuis long-temps argent, hommes, vaisseaux; mais le cœur de Buonaparte

est déchiré, il devine que le monarque des Espagnes ne peut plus supporter le fardeau de la
royauté, et il souffre qu'il abdique en faveur de
son fils; puis ce jeune homme annonce qu'il fera
des fautes. A l'instant Buonaparte quitte sa capitale, vole à Bayonne, loge commodément le
vieux Roi, et met en pension ses enfans chez un
de ses vieux compères; et, pendant que Ferdi-
nand et ses frères se perfectionnent dans leurs
études, Joseph, qui avoit fait les siennes depuis
long-temps, va administrer les Espagnes et les
Indes. Je ne vous le cacherai pas, mes chers auditeurs, ce trait de reconnoissance fit dans le
temps infiniment d'honneur à Napoléon, et accrut
singulièrement l'estime que le monde lui portoit.
Mais voilà que les Espagnols, fanatisés par leurs
moines et leurs curés, ne sentent pas toute la dé-
licatesse de ce procédé reconnoissant : les uns
s'en vont dans les bois, les autres se sauvent dans
les montagnes; enfin, soit par de mauvais discours, des coups de fusil à la sourdine, ou autres
contrariétés, ils TAQUINENT l'empereur; celui-ci,
qui vouloit savoir ce que les habitans de Madrid
pensoient au fond, leur tend un petit piége, et
fait fusiller deux ou trois mille de ces cœurs in-
grats; car, encore une fois, il aimoit trop la reconnoissance pour ne pas redresser ceux qui péchoient
par là.

Je m'arrête, mes chers auditeurs : convenez, cependant, que si la reeonnoissance est une qualité admirable dans un héros, l'humanité est aussi une vertu bien désirable dans celui qui possède l'autorité. Eh bien, dès l'année 1793, Napoléon en donne une preuve irrécusable à Toulon. L'armée républicaine venoit de prendre cette ville, et les proconsuls vouloient la régénérer en la démolissant ; mais comme cette mesure eût été insuffisante, ces braves citoyens résolurent de diminuer le luxe de la population, en faisant périr bon nombre d'habitans sur l'échafaud : cette méthode étoit bonne, mais trop lente. Il fut donc convenu que Buonaparte se chargeroit de réunir huit cents personnes dans une plaine, et de faire tirer sur elles à mitraille : il leur évitoit ainsi les angoisses d'un jugement, et surtout la peine de monter à l'échafaud. Buonaparte qui sentoit ces avantages, déploya, dans cette occasion, une énergie qui prouve incontestablement son humanité ; mais voyez dans quels termes il rendit compte de l'opération : « Citoyens » représentans, c'est du champ de gloire, mar- » chant dans le sang des traîtres, que je vous » annonce avec joie que vos ordres sont exécutés, » et que la France est vengée (Toulon avoit » reconnu Louis XVII). Ni l'âge, ni le sexe, » n'ont été épargnés : ceux qui n'avoient été

» que blessés par le *canon républicain*, ont été
» dépêchés par le *glaive de la liberté* et par la
» *baïonnette de l'égalité*. Salut et admiration.
» *Signé*, Brutus BUONAPARTE, citoyen sans-
culotte. » Cette exécution philantropique fut
bientôt suivie d'une leçon paternelle qu'il donna
aux habitans de Paris. La Convention étoit me-
nacée par les sections de la capitale, qui, par
pur caprice, ne vouloient pas agréer les petits
services des bénins compagnons de Robers-
pierre et Marat : le vainqueur des femmes et
des enfans de Toulon fut mis à la tête de l'armée,
dite alors révolutionnaire, des incendiaires de
la Vendée, des démolisseurs de Lyon et de
Toulon, des bourreaux de septembre, et de tous
les habiles de la révolution ; devenu général de
cette armée, il attendit les sections à bout portant,
les foudroya en père qui châtie bien ses enfans,
et dit le lendemain, avec ce sourire qui annonce
le repos d'une bonne conscience : *J'ai mis mon
cachet sur la France*. Au combat de Lodi, il
montra de plus en plus la tendre sollicitude qu'il
avoit pour ses soldats, en attaquant de front une
position qu'il auroit pu tourner, et dont la prise
coûta la vie à dix mille hommes, qui furent ainsi
délivrés des fatigues de la campagne. Chemin
faisant, il ordonna le sac de Lugo ; mais c'étoit
pour distraire ses compagnons. L'Egypte fut

encore une des contrées où il donna des preuves
de cette tendre humanité dont nous venons de
citer quelques traits. Quatre mille prisonniers
lui avoient été rendus à Jaffa ; mais, faute de
vivres, ces braves étoient menacés de mourir de
faim ; Buonaparte, n'écoutant que l'humanité,
les fit tous égorger. Ce n'est pas au reste le seul
sacrifice qu'il ait fait à cette grande vertu ; en
Égypte encore il fut assez sensible pour faire
empoisonner tous ceux soupçonnés de la peste :
il leur rendit un service d'autant plus signalé,
que la peste, en se développant, les auroit beaucoup tourmentés, au lieu qu'on les empoisonna
en toute douceur, et qu'ils moururent les plus
contens du monde. Mais, mes chers auditeurs,
dans un autre sens encore Buonaparte a fait des
sacrifices bien autrement héroïques, et toujours
à cette vertu que nous avons appelée humanité.
Les harangues des sénateurs, et autres parleurs
téméraires de l'empire, avoient prouvé à Napoléon que la France *c'étoit lui* : en conséquence,
dans tous les périls, il songeoit principalement à
la conservation de sa personne ; non pas qu'il
eût peur, mais son humanité sentoit que lui
mort, la désolation eût été générale en France.
Aussi, par extraordinaire, vient-il en Russie à
faire froid en hiver, et une armée de cinq cent
mille hommes est-elle réduite à un escadron de

quelques estropiés. Un prince, bourgeoisement humain, eût déploré la perte de tant d'hommes. Loin de là, Buonaparte insiste d'abord sur les chevaux qui sont morts ; puis, par un retour vers la France, il termine son bulletin par ces mots remarquables : *La santé de Sa Majesté n'a jamais été si bonne.* Dans une autre occasion, il fait sauter un pont, se met en sûreté, et laisse derrière lui quarante ou cinquante mille hommes, qu'on tue sans égards ; mais enfin Napoléon revient, et la France n'a pas à déplorer sa mort.

Notre héros, éprouvant quelques désagrémens, se retire à l'île d'Elbe. Chemin faisant, il entend des niais charger sa gloire de malédictions. Enfin, il y a danger pour sa personne. N'écoutant que son cœur, qui lui disoit qu'il devoit se conserver pour la France, il se déguise en courier, crie *vive le Roi!* et pleure ; non par peur, mais parce qu'il devine que, s'il lui arrive malheur, il ne pourra pas, plus tard, donner à la France l'acte additionnel aux constitutions.

Mais quel amour Napoléon ne témoigne-t-il pas pour la justice ? C'est encore là une des belles parties de sa vie. S'aperçoit-il que des jurés ont la malice d'absoudre des hommes qu'il tient, lui, pour coupables, aussitôt il ordonne, uniquement par amour pour la justice, que ces jurés prévaricateurs seront traduits devant les tribunaux (1). Ensuite, et toujours par amour pour la justice, il crée des tribunaux spéciaux, où il adjoint des capitaines et des officiers, gens, comme on le sait, très-doctes en fait de droit; il supprime aussi le jury dans diverses parties du grand empire, et fait fusiller, à Caen, des femmes obstinées, qui, ayant faim, avoient demandé du pain au préfet. Injustice horrible, car, sous Napoléon, le peuple étoit institué uniquement pour payer des impôts. Mais son amour pour la justice ne s'arrête pas en aussi beau chemin : il restaure les vieilles prisons d'Etat, en fait bâtir de nouvelles, et fait mettre en prison tout ceux qu'il ne veut pas faire juger; car, enfin, la justice est une trop bonne chose pour être appliquée indistinctement à tout le monde. Un beau matin, encore, il s'empare de tous les journaux de la capitale, parce qu'il avoit reconnu que leurs perfides rédacteurs avoient plus d'une fois coulé au public de fausses nouvelles, ce qui étoit outrager la vérité, par conséquent la justice; car, enfin, les abonnés de ce temps payoient pour savoir toute la vérité, ainsi que le grand Napoléon le prouva bien une fois qu'il se fut emparé de ces mêmes journaux. Mais ce ne sont pas là les seuls sacrifices que sa

____

(1) Affaire de Lacoste, Briard et Petit.

grande âme fait à la justice. D'anciens royalistes, chevaliers de Saint-Louis (1), osent, en présence des troupes coalisées, porter des décorations féodales, aussitôt Napoléon les fait fusiller dans les vingt-quatre heures. Des conscrits RAISONNEURS après avoir été *réformés*, moyennant indemnité payée au trésor, sont rappelés au service; quelques uns sont assez pervers pour se cacher. Aussitôt le grand Napoléon, qui veut que chacun paie personnellement sa dette, fait poursuivre ces conscrits qu'une fois pris on attache avec des menottes, et qu'on pousse à grands coups de sabre, ce qui n'empêche pas, dans l'intervalle, qu'on ne vende jusqu'au lit des pères; car les pères, en bonne justice, doivent répondre de leurs enfans. Mais c'est surtout en pays étranger que l'amour de Napoléon pour la justice se montre tout à l'aise. Il sait que les Anglais, ces grands ennemis de toute justice, sont favorisés par plusieurs souverains, qui cependant renioient ce mauvais cas; aussitôt Napoléon les dépouille de leurs royaumes et principautés qu'il donne à ses frères; mais qu'il leur retire, dès qu'il découvre qu'ils ont l'inclination anglaise, ainsi que cela arriva à ce mauvais cœur de Louis, ci-devant roi de Hollande. Mais tout cela n'est rien en comparai-

---

(1) MM. Gau et Vidrange.

son de ce sublime acte de justice qu'il exerça envers un ennemi de la nation française, et qu'on appeloit alors le *nommé* (1) d'Enghien. Ce prince, né Bourbon, s'étoit retiré dans une petite ville d'Allemagne, où, livré à la culture des arts, il renfermoit secrètement dans son âme le désir de faire revivre la féodalité, la corvée et autres attentats à la justice générale. Aussitôt Napoléon l'envoie saisir au lit, par des gendarmes. On amène le prince à Paris, et l'empereur commande à une commission militaire de prononcer la peine de mort contre d'Enghien, qui effectivement fut fusillé dans les vingt-quatre heures. Ce dernier trait doit confondre ceux qui, dans la noirceur de leur âme, ont eu l'air de nier l'amour que notre héros portoit à la justice.

Mais si l'amour de la justice fut un des plus glorieux attributs de notre héros, son respect pour la liberté ne fut pas moins grand; depuis son avènement au consulat, jusqu'à la fin de son règne, il en fournit les preuves les plus multipliées. Cinquante décrets établissent dans les principales villes de l'empire un nombre égal de directeurs de la police, de commissaires généraux de police, de commissaires spéciaux de police, chargés de protéger la liberté indivi-

---

(1) Voy. *Moniteur*, 21 mars.

duelle. Dans plusieurs provinces, l'empire de la constitution est suspendu. La police générale rétablie (décret du 10 juillet 1804), est confiée à Fouché, dont le nom seul est un hommage rendu à la liberté.

Beaucoup de grands hommes présentent aux peuples étonnés l'image de hautes vertus publiques, mais souvent ils sont dominés par de petites foiblesses. Le nôtre, parfait en tout point, n'offrit jamais rien de semblable. L'amour, cette passion qui cause tant de maux, n'eut jamais de prise sur son cœur; et si parfois il s'occupa de galanterie, ses affections sortirent rarement de sa famille, et s'étendirent tout au plus à quelques suivantes de Melpomène et de Thalie, qui pouvoient occuper ses loisirs; mais qui ne détournoient pas sa grande âme des conceptions sublimes dont elle étoit incessamment remplie. Tout entier au bonheur de ses peuples, l'Etat étoit tout pour lui, et il se comptoit pour rien; ainsi qu'il le fait voir dans un discours adressé à un de ses neveux qui malheureusement n'est plus: « N'oubliez jamais, dans quelque position que » vous placent ma politique et l'intérêt de mon » empire, que vos premiers devoirs sont envers » moi, les seconds envers la France; tous vos » autres devoirs, même ceux envers les peuples » que je pourrois vous confier, ne viennent

2

» qu'après. » Trop souvent la flatterie se glisse dans les cœurs, et les princes les plus illustres s'abreuvent à longs traits de ce poison. Napoléon ne put jamais la souffrir, et jamais son oreille ne fut ouverte à l'adulation. La noblesse et l'énergie distinguoient tous les discours qui lui étoient adressés, et il pouvoit entendre sans souffrir le sénat lui dire, par l'organe de M. François de Neufchâteau, « que le plus beau jour pour la » France étoit celui qui lui rendoit la lumière et » la vie, en lui rendant l'aspect de Sa Majesté; » le conseil d'Etat, par l'organe de M. Regnault (de Saint-Jean-d'Angély) « que tous les citoyens » étoient ravis de retrouver en lui un père jaloux » de leur bonheur; économe des trésors de l'Etat, » avare du sang de ses enfans, etc. »; la Cour de cassation, par l'organe de M. Muraire, « qu'après avoir admiré le héros dans sa gloire, » et béni le pacificateur dans ses vues pleines » d'humanité, il ne restoit plus qu'à féliciter le » père de famille dans ses tendres délassemens »; l'Institut, enfin, par l'organe de M. Arnault : « Vos victoires ont chassé les Barbares de l'Eu- » rope, vos traités leur en ferment à jamais l'en- » trée ; vous avez reculé les bornes du *possible*, » et vos historiens, pour être sublimes, n'auront » besoin que d'être vrais. »

Le respect pour la liberté individuelle est peu

de chose lorsqu'on tient la pensée captive, et les
gouvernemens qui craignent la lumière peuvent
seuls être ennemis de la liberté de la presse.
Buonaparte n'avoit rien à redouter, il vouloit que
tous ses actes fussent mis au grand jour, et que
chacun pût les juger ; aussi créa-t-il un directeur-
général de l'imprimerie, et des censeurs de l'imprimerie, dont le zèle parut si louable et les services si importans, qu'après un court espace de
temps, on leur conféra le titre de *censeurs impé-
riaux;* récompense bien justement acquise aux
propagateurs des lumières.

Plein de cette simplicité qui distingue les
grands princes, Napoléon avoit banni de sa cour
tout ce vain cérémonial qui tend à isoler un
prince de ses sujets. Passoit-il une revue dans la
cour de son palais, toute la population jouissoit
du plaisir de voir les troupes défiler dans les rues
voisines. A peine, dans les fêtes publiques, avoit-
il une foible escorte de cinq ou six mille cava-
liers, et son cortége étoit rarement formé de plus
de cinquante voitures de cérémonie, deux ou
trois cents officiers, et cinq ou six cents domes-
tiques. L'intérieur de sa maison n'étoit pas moins
exempt de luxe ; tout y respiroit l'économie la
plus scrupuleuse : sa garde s'élevoit tout au plus
à quarante mille hommes ; les officiers de sa
maison civile étoient au nombre de moins de

quatre cents; ses écuries et le service de ses palais
offroient la même image d'ordre et d'économie.
Accessible à tout le monde, les officiers de sa
garde pénétroient jusqu'à son antichambre (la
salle des Maréchaux), et cela seulement dans les
grandes occasions (*Moniteur* du 2 janvier 1813).
Son ameublement étoit modeste; on n'y remarquoit pas une seule pierre précieuse, et l'or et la
soie en faisoient tous les frais. Ce qui excitoit
surtout l'admiration, c'étoit la distribution de ses
appartemens; on y reconnoissoit ce génie qui
savoit si bien confondre tous les intérêts : entre
autres réunions ingénieuses, on remarquoit la
salle de spectacle; située entre la chapelle et le
conseil d'Etat, et communiquant avec l'une et
l'autre; le salon qui renfermoit les portraits des
maréchaux, les tableaux des grandes batailles,
et les bustes des plus illustres guerriers morts au
champ d'honneur, servoit d'antichambre, sans
doute afin que les gardes placés sur l'escalier
veillassent de plus près sur ce dépôt qui retraçoit
de si grands souvenirs. Le vêtement de notre
modeste souverain répondoit à la simplicité de
sa maison, et dans les cérémonies publiques, il
portoit un simple manteau impérial et quelques
ornemens de diamant. Le costume de ses officiers
avoit aussi toute la sévérité qui appartient au
gouvernement républicain; un chétif habit de

pourpre couvert d'une broderie d'or ou d'argent leur tenoit lieu de parure. Tout enfin, dans la cour du grand empereur, rappeloit la maison du citoyen Sans-Culotte de Toulon.

Il seroit sans doute superflu de parler du courage de notre invincible empereur: tout le monde connoit son intrépidité, et le sang-froid qu'il conservoit dans les circonstances les plus critiques; disputant le terrain pied à pied, il se seroit plutôt enseveli sous les débris de son armée que de l'abandonner à l'instant du péril. S'il quitta l'Egypte, et revint seul en France, c'étoit pour s'exposer à un nouveau danger, et sauver la république. Son retour précipité de Moscou avoit pour but de réunir de nouvelles forces, et d'*écraser* les Russes. Au mois d'octobre 1813, il auroit combattu jusqu'à la mort dans le royaume de Saxe, s'il n'avoit senti la nécessité de revenir aux Tuileries, pour mieux concerter la défense des frontières; et, le 25 janvier 1814, il faisoit éclater l'ardeur dont il étoit rempli, lorsqu'il disoit à son conseil : « Je vais me mettre à la tête de mes » armées. Dans trois mois, vous aurez une paix glo- » rieuse, ou je périrai. » Deux mois après, Paris étoit occupé par les armées alliées, et la France envahie; Napoléon n'étoit point mort; et retiré à Fontainebleau avec cinquante mille hommes, il aimoit mieux abdiquer que de tenter une dernière bataille; mais le motif qui le dirigeoit étoit de se conserver pour rendre à la France toute sa splendeur lorsque le moment en seroit venu. Enfin, après la glorieuse bataille de Waterloo, il ne se rendit si promptement à Paris que dans le louable espoir de réparer le petit événement qu'il venoit d'éprouver, et de répandre un nouveau lustre sur l'armée française. Mal servi par les chambres, trompé dans ses calculs, il consentit à une nouvelle abdication, se rendit aux Anglais, se laissa conduire à Sainte-Hélène, et, lorsque tout autre se fût donné la mort, il eut assez de courage pour supporter la vie.

Maintenant, mes chers auditeurs, que je vous ai fait connoître en analyse les vertus du grand Napoléon, il me reste à vous dire ce que ces mêmes vertus ont coûté à la France en hommes et en argent, car enfin il est juste de payer un peu ce qui valoit tant.

Nous ne remonterons pas à la composition des armées du général républicain, et nous commencerons au consulat, qui est le seul instant où notre héros disposa lui-même des forces de la France.

	hommes.
L'arrêté du 17 ventose an VIII, crée une armée de réserve de.........	60,000
Un autre du même jour appelle sur la classe de l'an VIII.............	30,000
	90,000

	hommes.
Ci-contre....	90,000
Un arrêté du 14 pluviose an VIII, crée quatre bataillons francs, formant..	5,080
L'arrêté du 22 brumaire an IX, crée la légion de la Loire, composée de	2,675
La loi du 28 floréal an X, ordonne la levée de 60,000 conscrits de l'an IX, et pareil nombre de l'an X........	120,000
La loi du 6 floréal an XI, ordonne la levée de 120,000 conscrits de l'an XI, et de l'an XII........	120,000
La loi du 3 germinal an XII, lève sur la conscription de l'an XIII.......	60,000
La loi du 27 nivose an XIII, lève sur la conscription de l'an XIV.......	60,000
Le sénatus-consulte du 2 vendémiaire an XIV, lève sur la conscription de 1806.....................	80,000
Le sénatus-consulte du 4 déc. 1806, lève sur la conscription de 1807...	80,000
Le sénatus-consulte du 7 avril 1807, lève pour 1808................	80,000
Le sénatus-consulte du 10 sept. 1808, lève 80,000 conscrits sur l'an 1810, et pareil nombre sur les années 1806, 1807, 1808, 1809.........	160,000
	857,755

hommes.

	hommes.
De l'autre part....	857,755
Le sénatus-consulte du 21 janvier 1808, lève sur 1809......................	80,000
Le sénatus-consulte du 25 avril 1809, lève 30,000 conscrits sur 1810, et 10,000 sur les classes de 1806 à 1809...........................	40,000
Le sénatus-consulte du 5 octobre 1809, lève sur les classes de 1806, 1807, 1808, 1809 et 1810.............	36,000
Le sénatus-consulte du 13 déc. 1810, lève sur 1811...................	120,000
Le sénatus-consulte du même jour, lève pour la marine, sur les classes de 1813, 1814, 1815 et 1816.....	40,000
Les décrets du 3 février 1811, appellent, sur les classes de 1808 et 1810, pour les départemens de la Hollande, de Rome, et du Trasimène	6,965
Le sénatus-consulte du 20 déc. 1811, lève, sur la conscription de 1812...	120,000
Le sénatus-consulte du 13 mars 1812, lève, sur le premier ban de la garde nationale, des classes de la conscription de 1807, 1808, 1809, 1810, 1811, 1812, cent cohortes...	105,000
	1,405,720

hommes.

Ci-contre.... 1,405,720

Le sénatus-consulte du 1er sept. 1812,
met en activité, sur la conscription
de 1813........................... 120,000

Le sénatus-consulte du 11 janv. 1813,
met en activité 200,000 hommes
des classes de 1807 à 1812, et
150,000 hommes de la conscription
de 1814........................... 350,000

Le sénatus-consulte du 3 avril 1813,
met en activité 10,000 hommes
des gardes d'honn.; 80,000 hommes
sur les classes de 1807 à 1812, et
90,000 hommes de la conscription
de 1814........................... 180,000

Le même sénatus-consulte, mobilise,
pour la défense des frontières de
l'ouest et du midi, 180,000 gardes
nationaux........................ 180,000

Le sénatus-consulte du 24 août 1813,
met en activité, sur la conscription
de 1814, 1813, 1812 et années an-
térieures......................... 30,000

Le sénatus-consulte du 9 octobre 1813,
met en activité, sur les classes de
1814, 1813, 1812 et années anté-

2,265,720

hommes.

De l'autre part.... 2,265,720

rieures, 120,000 conscrits; et sur
la conscription de 1815, 160,000   280,000

Le sénatus-consulte du 15 nov. 1813,
met en activité, sur les classes de
l'an XI, XII, XIII, XIV, 1806,
1807...........................   300,000

Le décret du 17 décembre 1813,
mobilise 190,000 gardes nationaux
pour la défense des places de
guefre......................   190,000

Le décret du 21 janvier 1814, crée
six régimens de voltigeurs et six régimens de tirailleurs de la jeune
garde, composés de volontaires...   12,000

TOTAL GÉNÉRAL.... 3,047,720

A ce tableau de *trois millions, quarante sept mille, sept cent-vingt hommes*, il convient d'ajouter les nombreux engagemens volontaires, les gardes nationales mobilisées à différentes époques, les officiers sortis des différentes écoles, les officiers de santé, les employés des services actifs de l'administration militaire, et nous aurons au moins un total de QUATRE MILLIONS d'hommes.

Maintenant que nous avons établi ce que les quatorze années de gloire de Napoléon ont coûté d'hommes à la France, nous allons, mes chers auditeurs, vous faire connoître ce qu'elles lui ont coûté en argent. Buonaparte a régné en tout quatorze ans; chacun de ses budgets, soit comme consul ou empereur, étoit d'un milliard ; additionnez cette somme pour quatorze ans, et voyez ce qu'a coûté Napoléon. Maintenant, mes chers frères , que vous pouvez apprécier le grand homme à sa juste valeur, je m'en vais vous donner lecture de ses dernières dispositions.

Au nom de la sainte Trinité, à laquelle je crois pour la validité du présent acte :

Aujourd'hui, 1er mai, moi, Napoléon Buonaparte, empereur des Français, roi d'Italie, protecteur de la confédération du Rhin, médiateur de la confédération Suisse, etc.

Renfermé à l'île Sainte-Hélène, sans que je l'aie jamais demandé à personne, déclare le présent acte être ma dernière volonté.

Je lègue l'habit de général que je portois à la bataille de Waterloo, à mon cousin S*********, pour qu'il lui porte bonheur dans les batailles qu'il pourra peut-être un jour gagner.

Je lègue le bonnet rouge que j'avois à Toulon, au républicain abbé, comte G*******, pour que cela lui aide à cacher sa tonsure.

Je lègue ma dernière culotte au général

L********, qui, depuis quelque temps, passe pour être tout à fait *sansculotte*.

Je lègue au constitutionnel B****** C*******, baron de Rebecque, une tabatière d'or, où sera encadré, en lettres italiques, l'article rétablissant la confiscation, et faisant partie de l'acte additionnel aux constitutions de l'empire que m'avoit composé, et ce, argent comptant, ledit baron constitutionnel.

Je lègue à E******, ex-académicien, la paire de ciseaux qui se trouve dans mon nécessaire, et ce, pour les services que ledit E****** m'a rendus, pendant les trois mois, en qualité de censeur.

Je lègue à l'ex-archevêque de Malines une collection complète des bulletins de la grande armée, afin qu'il se montre toujours un digne aumônier du dieu Mars.

Je lègue au gentil De**** mon MACHIAVEL chargé de notes; et ce, à la recommandation de ma bonne Hortense; et, en outre, pour que ledit duc et pair se perfectionne dans le genre des conspirations d'invention.

Je lègue à l'avocat Ma**** mes phrases à sentences, pour qu'il soit un peu plus court; et, comme son ancien, je recommande au général F** de ne plus se compromettre à l'avenir avec

les Autrichiens, car cela a fait un tort considé-
rable aux prédictions de l'année courante.

Je supplie le banquier La*****, au nom de
l'immensité de son crédit, d'avoir un peu de
pitié pour ces pauvres Suisses, mes alliés, et de
ne pas les attaquer, comme il le fait, dans tous
les sens.

Je lègue à T****, et ce, pour les intonations
et les poses impériales qu'il m'a apprises, mon
habit de cérémonie, qu'il ne manquera jamais
de mettre toutes les fois qu'il jouera le rôle de
Néron.

Je lègue aux Anglais l'épée que je devois
avoir le jour de mon débarquement dans leur
île.

Je fais mes excuses à mes conseillers d'Etat,
ministres, secrétaires de cabinet et autres, des
soufflets et coups de pied dans le c.. qu'autrefois
je leur ai donnés, quoique cela les ait poussés
assez loin dans le monde, ainsi que le prouve
l'almanach de 1821.

Je souhaite à tous les Français d'avoir long-
temps des princes qui, comme moi, aiment les
institutions monarchiques, et les hommes monarchiques, et récompensent, ainsi que je l'ai fait,
leurs dévoués serviteurs : car enfin cela rend
solide.

Ici finit mon testament : car, pour tout

ce qui est de famille et d'affaire, Bertrand le dira de vive voix à son retour en Europe, afin que les comités directeurs n'en ignorent.

Signé, NAP.

Nota. Le reste des lettres se perdant dans le paraphe, qui vient à la suite de la lettre P, est indéchiffrable.

www.ingramcontent.com/pod-product-compliance
Ingram Content Group UK Ltd.
Pitfield, Milton Keynes, MK11 3LW, UK
UKHW020136080726
13614UKWH00005B/2254